献给魏娟 张信楚 张遇杭

狐狸踏雪的三种可能

谷 雨 著

浙江摄影出版社
全国百佳图书出版单位

目 录

第一辑　编年体史记（节选）	001
鸣条之战	003
姜尚	005
采薇	007
瑶池	009
维以不永伤	011
急子	012
重耳逃亡归来	014
赵氏孤儿	016
出函谷关	018
阖闾夺位	020
杀楚·兴楚	022
属镂剑	024
丧家犬	026

姑苏台	028
越绝书	030
弹铗歌	032
赎罪	034
病酒	036
秦策	038
天下	040
乡党	042
十面埋伏	044
韩信之死	046

第二辑　旧池塘　　　049

梦，或二十年前的庭院	051
小酒馆	054
雪之女王	058
旧池塘	061
往昔	063
另一个人	065
失踪者	067
云和雨	068
初相遇	069
反复	071

忧郁之书	073
游桃源小洲	075
秋声赋	076
千山暮雪，夜读中国	077
一生	078

第三辑　古诗十九首　079

锦瑟	081
卷耳	083
蜡辞	085
鼓琴歌	086
弹铗歌	087
桑柔	089
河上歌	090
孺子歌	091
有炎氏颂	092
弹歌	093
葛覃	094
桃夭	095
鹊巢	097
绵	098
荡	099

潜		100
冻水歌		101
甘泉歌		102
夜雨寄北		103

第四辑　狐狸踏雪的三种可能　　105

生存之日	107
刻在墙上的乌衣巷	108
闯入者	109
自然	110
狐狸踏雪的三种可能	111
12月28日黄昏	112
粉墨登场	113
细节，慢	114
星空作业	115
晨歌	116
某日下午速写	117
白色教堂	118
再见	120
池塘	121
航海日志	122
石门峰公园	123

下一分钟		124
回忆录		125
忏悔录		126
如此而已		127
献辞		128
在中午		129
车过南山路		130
病中书		131

第五辑 搬把椅子坐进冬天　　　　　133

四个人的黑夜	135
摇篮曲	136
小夜曲	137
变奏曲	138
一个下午的五种方式	139
诗歌练习册（三首）	141
搬把椅子坐进冬天	144
黄金四部曲（四首）	146
二十四节气（选六）	151

第一辑

编年体史记(节选)

鸣条之战

——约公元前1600年,夏桀败亡

> 帝桀之时,自孔甲以来而诸侯多畔夏,桀不务德而武伤百姓,百姓弗堪。乃召汤而囚之夏台,已而释之。汤修德,诸侯皆归汤,汤遂率兵以伐夏桀。桀走鸣条,遂放而死。
>
> ——《史记·夏本纪》

我[①]喜欢在黄昏时作战,看日薄西山

渔歌唱晚。

池塘里的鱼潜至水底,飞鸟藏于巢中

猛兽奔跑在岩石的阴影里

——我的恨是一片黑暗。

我恨夏桀曾将我囚禁于夏台

我恨这世界一片荒芜

万民困苦

"这世界是一座丑恶的秘密暗牢。

但在此处的垃圾之中,我将找到还我自由的钥匙。"[②]

我在黄昏时起兵,灭了桀的党羽

而后直取鸣条

敌人在我视野内四处逃窜,桀

你带着珠宝和你的女人妹喜逃往哪里?

穷寇莫追,我不再追你

我知世间再无你的藏身之所
你饿死于瑶台
世间再无你的荒淫、暴虐。

2012年6月15日

注：

  ①我：指商汤，曾被夏桀囚禁于夏台，后被释放。商汤在一代军师伊尹的帮助下，灭了夏桀，创建了商朝。

  ②引自安吉拉·卡特的《赤红之宅》。

姜尚[①]
——公元前1145年[②],姬昌拜姜尚为国师

> 或曰,太公博闻,尝事纣。纣无道,去之。游说诸侯,无所遇,而卒西归周西伯。或曰,吕尚处士,隐海滨。
>
> ——《史记·齐太公世家》

初见师尚父是在父王狩猎归来的车辇上
他须发皆白,穿一身白衣
青天白云之下尽是仙风道骨
那时秋叶飘零,我[③]看到落日的美
染红了旷野的树林和岩石。
——关于师尚父的传说太多了
有人说,他隐居海滨
有人说,他侍奉过纣王,而后离开
游说诸侯,未有知音,才到了父王麾下
有人说,他曾屠牛于朝歌,卖饮于孟津
垂钓于渭水……
更多的传说困扰了我
师尚父的风骨仿佛这世间的河流
深不见底

仿佛看不见的事物,永久飘忽,踪影全无。

2012年6月15日

注:

①姜尚:即姜子牙,东海滨海人,先后辅佐了六位周王,因是齐国始祖而称"太公望",俗称姜太公。

②公元前1145年:《纲鉴易知录》上面记录的时间为公元前1145年,姬昌之子姬发出生于前1169年,时年24岁。牧野之战的日期为前1122年,与"夏商周断代工程"的观点不符。而今,史学界多采纳牧野之战的日期为前1046年2月28日。两个历史学派的时间推算明显相去甚远。特此存疑,并作说明。个人猜想,姬昌拜见姜尚的大致时间或在前1063年前后。

③我:指周武王姬发,西周王朝开国君主,周文王次子。因其兄伯邑考被商纣王所杀,故得以继位。

采薇
——公元前1046年,伯夷叔齐①遁迹于首阳山②

> 武王已平殷乱,天下宗周,而伯夷、叔齐耻之,义不食周粟,隐于首阳山,采薇而食之。及饿且死,作歌,其辞曰:"登彼西山兮,采其薇矣。以暴易暴兮,不知其非矣。神农、虞、夏忽焉没兮,我安适归矣?于嗟徂兮,命之衰矣。"遂饿死于首阳山。
>
> ——《史记·伯夷列传》

山河壮丽抵不过乱世的硝烟,固若金汤的
城池也比不了民心所向
自古以来,通晓天下大义的才是王者
譬如孤竹二君子伯夷和叔齐
遁迹于首阳山,采薇而食之
这是不念旧恶的圣贤和仁者啊
试问浊世中还有谁能做到呢?
就像我③有弟子三千,却独爱颜回一个
道理是一样的。
在世俗的烟尘和清静的时光里
我审慎而独行
并以此告诫我的弟子
——富贵如可求,虽执鞭之士,吾亦为之。

如不可求,从吾所好。

2012年6月16日

注:

①伯夷叔齐:商末孤竹君的两位王子。相传孤竹君遗命立三子叔齐为君。孤竹君死后,叔齐让位给伯夷,伯夷不受;叔齐尊天伦,不愿打乱社会规则,也未继位。

②首阳山:位于今河南洛阳城东。

③我:指孔子,春秋末期儒家思想的创始人。

瑶池
——公元前960年,周穆王西征

> 造父幸于周缪王。造父取骥之乘匹,与桃林盗骊、骅骝、绿耳,献之缪王。缪王使造父御,西巡狩,见西王母,乐之忘归。
>
> ——《史记·赵世家》

这里是人间仙境,青鸟栖息,云雾缭绕
这里抬头不见日月,低头不见江河
这里让人乐而忘返——
我①驾驭在桃林捕捉的八匹骏马
随穆天子西征,至西域瑶池
昆仑山隐现
在瑶池的酒宴上,倾倒于西王母绝世的容貌
和歌声,歌曰:
白云在天,丘陵自出。
道里悠远,山川间之。
将子无死,尚复能来②。
——酒至微醺时听闻徐偃王③叛乱
我立即随穆天子转战东南
而后南征
后世的人怎能写尽当时的惨烈
和盛大:

三军之众，一朝尽化，君子为鹤，小人成沙④。
我老后未能荣归故里
而是依照天子之意，受封赵地。

2012年6月17日

注：

①我：指造父，伯益的9世孙，相传伯益是五帝中颛顼的后代，嬴姓的始祖。公元前960年，造父为穆王御驾西征，后被周穆王封到赵城。

②出自《白云谣》，作者不详。

③徐偃王：西周徐国国君，建都泗水，趁周穆王赴瑶池会西王母之际，率军西进，紧迫黄河。周穆王命造父联合楚军进攻徐国，徐偃王主张仁义不肯战，遂败逃。

④引自晋朝时葛洪的《抱朴子内篇·释滞》。意思是乱世中的将士和死于乱世的人，突然发生物化，君子成为鹤，小人成了沙。另，《太平御览》卷七四《抱朴子》：周穆王南征，一军尽化。君子为猿为鹤，小人为虫为沙。

维以不永伤
——公元前841年,周厉王逃亡到彘

> 三十四年,王益严,国人莫敢言,道路以目。
> ——《史记·周本纪》

我[①]所到之处,皆是焦土和尸骨,喧闹的集市
形单影只。
鸿雁嘶鸣于灰白的天空,梨花压着
孤枝,一株海棠枯死在铜镜里
——让人充满怨恨
乱世中有人揭竿而起
驱逐朽木、王朝和枷锁
厉王逃到国之边境,在一个山洞里暗藏终日
只是这人世依旧幽深、荒芜
就像垂死者的眼中
有过挣扎
有过万物凋零后的永恒和悲伤。

2012年6月17日

注:
  ①我:指芮良夫,周朝的卿士,芮国的国君。姬姓,字良夫。相传《诗经·大雅·桑柔》为其所作。

急子[1]

——公元前701年,卫宣公密谋杀太子伋

> 宣公自以其夺太子妻也,心恶太子,欲废之。及闻其恶,大怒,乃使太子伋于齐而令盗遮界上杀之,与太子白旄,而告界盗见持白旄者杀之。
>
> ——《史记·卫康叔世家》

我[2]肮脏地活着,虚无而隐忍。
树枝上结满了白色的霜
秋日的黄昏里有我摆脱不掉的仇恨
和善恶,就像一根绳索
绑住了沉默。
淫乱宫闱的是我父亲,搬弄是非的是我母亲和弟弟
这些罪人呵
我真想拎着他们的人头,在各国之间奔走
父亲动了杀机
在急子出使齐国的路上设下埋伏……
我在船上摆酒,灌醉急子
而后代他出使齐国
途经暗黑的树林时,一支弩箭
穿膛而过。

我从马背上摔下

我在寒冷的夜里回顾死的意义。

2012年6月22日

注：

①急子：即太子伋，名伋，姬姓，卫宣公的儿子，又称急子。卫宣公和父亲卫庄公的侍妾夷姜私通，生下急子。卫宣公继位后，以急子为太子。卫宣公为急子娶齐女宣姜，见宣姜美貌，趁急子出使郑国之际，娶宣姜为夫人。卫宣公对急子猜忌，派急子出使齐国，派刺客在路上杀死他。宣姜生的儿子公子寿在船上把哥哥急子灌醉，拿着出使的标志白旄，代兄赴死。急子醒来后，赶到了弟弟被杀的地方，说："你们要杀的人是我。"随后，急子也被杀死。

②我：指公子寿，急子同父异母的弟弟，也是卫宣公抢去急子的未婚妻宣姜生下的长子，次子为公子朔。宣姜是齐桓公小白的姐姐。

重耳逃亡归来

——公元前636年,重耳即位,介子推①随母隐居

  介子推从者怜之,乃悬书宫门曰:"龙欲上天,五蛇为辅。龙已升云,四蛇各入其宇,一蛇独怨,终不见处所。"文公出,见其书,曰:"此介子推也。吾方忧王室,未图其功。"使人召之,则亡。遂求所在,闻其入绵上山中,于是文公环绵上山中而封之,以为介推田,号曰介山,"以记吾过,且旌善人"。

——《史记·晋世家》

逃亡犹如长夜里的孤灯,漏下斗室的光
如山林里眺望旷野
回到无边的自我,却已分不清眼泪
和雨水。
醒时忍不住的困倦、瞌睡,昏睡时
伴着不安和恐慌
为了让重耳活命,介子推躲进山沟里
割腿上的肉
和野菜一起煮汤。
结束逃亡的生涯后,重耳回到晋国即君王位
并对臣子随从论功行赏
唯独遗漏了介子推
介子推赋诗一首后,扶着母亲隐入绵山②

我③连夜写了书信一封

挂在城门上

重耳看到后,带兵在山林间寻人

可恨的是,听信小人谗言放火烧山

大火烧了三个昼夜

第四日凌晨,有人在枯焦的柳树下

发现母子的尸骨

三十年后,有人告诉我

介子推在东海边卖扇④。

2012年6月24日

注:

①介子推:晋国贤臣,又名介之推,后人尊为介子,晋国人,生于闻喜户头村,长在夏县裴介村,因"割股奉君",隐居"不言禄"之壮举,深得世人怀念。死后葬于介休绵山。晋文公重耳深为愧疚,遂改绵山为介山,并立庙祭祀,由此产生了"寒食节"(清明节前一天),历代诗家文人留有大量吟咏缅怀诗篇。

②绵山:又称介山,在山西汾河之阴,距介休市东南20千米处,山势陡峭,多悬崖绝壁。

③我:指介子推的邻居解张,也是介子推的随从。

④据史籍《通志》记载,"介子推隐后三十年,见东海边卖扇"。

赵氏孤儿

——公元前597年，屠岸贾^①诛杀赵氏一族

> 诸将以为赵氏孤儿良已死，皆喜。然赵氏真孤乃反在，程婴卒与俱匿山中。
>
> ——《史记·赵世家》

我^②说过的每一句话都是一杯毒药：
——赵朔^③被杀时，他的妻子^④怀有身孕
我不为朋友殉难而苟活于世
只为保全赵氏孤儿。
——赵氏孤儿出生后，公孙杵臼^⑤与我合谋
他抱着别人家的婴儿藏身到山中
我把藏身处举报给官府
公孙杵臼怀抱婴儿，双双被杀。
——调包计瞒骗了天下人，包括奸臣屠岸贾
我背着卖友的恶名和屈辱
带婴儿藏在深山中。
——十五年后，晋景公^⑥立赵氏孤儿赵武为卿
我带诸将诛杀屠岸贾，灭其全族。
——二十岁时，赵武举行加冠礼
我知道，殉难的时刻到了。
一杯毒药，一根绳索，一柄剑
都足以让我的灵魂和身体进入漫漫长夜

这清洁自由的居所。

2012年6月24日

注：

①屠岸贾：晋国的大夫。灭了赵氏一族，后追杀赵氏孤儿。15年后，被诛杀灭族。

②我：指程婴，晋国义士，晋卿赵盾及其子赵朔的友人。历尽艰难，养大赵氏孤儿，而后为报杵白自杀。

③赵朔：嬴姓，赵氏，名朔，谥庄，史称赵庄子。晋国大夫。赵衰（重耳的重臣）之孙，赵盾之子。

④他的妻子：司马迁在《史记》中说，赵朔的妻子是晋成公的姐姐，按照史官考证，应为晋成公的女儿赵庄姬。晋成公是晋文公重耳的儿子。

⑤公孙杵白：晋国人，赵盾、赵朔父子的门客。公元前597年，和程婴合谋，藏匿赵氏孤儿赵武，自己献出了生命。

⑥晋景公：晋成公的儿子，名叫姬獳，又名姬据。听信谗言，冤杀赵氏一族。

出函谷关
——公元前516年,老子①离宫归隐

> 居周久之,见周之衰,乃遂去。至关,关令尹喜曰:"子将隐矣,强为我著书。"于是老子乃著书上下篇,言道德之意五千余言而去,莫知其所终。
> ——《史记·老子韩非列传》

图书馆里有详细的编年史,有数不尽的
军团,在冷兵器的厮杀里
化为尘土和青烟。
——河流回不到最初的源头
时间也回不到时间深处
我②站在城楼上,守望通往函谷关的
崎岖绵延的路
一老者从东方而来,倒坐在牛背上
须发皆白。
我出城清扫路面四十里
恭请老子至官舍,行弟子之礼
老子挥笔写下《道德经》送给了我
上下篇凡五千言
道尽生死祸福、进退之术
道尽一的无穷,和
宇宙万物的虚无。

出了函谷关西去即是高山深谷

即是遗忘和乌有乡

——过去稍纵即逝

在磨损了躯体的岁月里

那昏暗缓慢而来并没有使我痛苦[3]。

2012年6月27日

注：

①老子：又称老聃、李耳，春秋时期楚国人，道家学派创始人。曾做过周朝"守藏室之史"（管理藏书的官员），后辞官归隐，唐代被唐皇武后封为"太上老君"，存世有《道德经》（又称《老子》），主张无为而治。

②我：指尹喜，字文公，号文始先生，周代楚康王之大夫，精通历法，善观天文，习占星之术，能知前古而见未来。周敬王四年（前516年），辞去大夫之职，请任函谷关令。著《关尹子》九篇，发挥道德二经经义。春秋战国时道家学派代表人物之一，庄子称他为"古之博大真人"。

③引自博尔赫斯的诗句。

阖闾①夺位

——公元前515年春四月,专诸②刺杀吴王僚③

> 酒既酣,公子光详为足疾,入窟室中,使专诸置匕首鱼炙之腹中而进之。既至王前,专诸擘鱼,因以匕首刺王僚,王僚立死。左右亦杀专诸,王人扰乱。
>
> ——《史记·刺客列传》

春四月的雨淋湿了我④的马车,从山东各国
一路追我到南方。
在这之前,我把音乐之声给了鲁国
我把哲学和训诫给了齐国、郑国、卫国
和晋国
我把佩剑和许诺给了病死后的徐君⑤……
在返回吴国的路上
有人飞鸽传书与我——
公子光派刺客专诸以一把鱼肠剑
刺杀吴王,而后自立为新君
我驱车去了先王的墓地前
汇报这次出使经过,而后痛哭一场
春四月的雨依旧未有停歇
雨声快乐地敲打一只破旧的木桶

雨声也痛苦地敲打人世的池塘
和屋顶。

2012年6月24日

注：

①阖闾：公子光，吴王诸樊的儿子。暗中招纳贤士，时刻准备夺回王位。

②专诸：吴国人，四大刺客之一。后有豫让、聂政和荆轲。通过伍子胥引荐，帮公子光藏剑于鱼肠内，杀了吴王僚，然后被对方的士兵当场斩杀。

③吴王僚：吴王寿梦有四个儿子，寿梦死后，前三个儿子诸樊、馀祭、馀昧相继即位，四子季札德能最高却无心王位，坚辞王位，避而不受。馀昧病故，馀昧的儿子僚即位，是为"吴王僚"。

④我：指季札，又称公子札、季子，吴王寿梦第四子，封于延陵，后又封州来，先后三次辞让君主位。季札是孔子的老师，与孔子齐名的圣人，也是孔子最仰慕的圣人。世人称他们俩为"南季北孔"。他是历史上南方第一位儒学大师，也被称为"南方第一圣人"。

⑤徐君：徐国的国君。季札出使途中，经过徐国。徐国的国君非常喜欢他佩带的宝剑，难于启齿相求，季札因自己还要遍访列国，未能相赠。待出使归来，再经徐国时，徐君已死，季札慨然解下佩剑，挂在徐君墓旁的松树上。侍从不解。他说："我内心早已答应把宝剑送给徐君，难道能因徐君死了就可以违背我的心愿吗？"

杀楚·兴楚
——公元前506年,伍子胥①兴兵伐楚

> 始伍员与申包胥为交,员之亡也,谓包胥曰:"我必覆楚。"包胥曰:"我必存之。"
> 于是申包胥走秦告急,求救于秦。秦不许。包胥立于秦廷,昼夜哭,七日七夜不绝其声。
> ——《史记·伍子胥列传》

十六年过去了,就像身怀绝技的刺客
早已日暮途远。
往事即乱世,有过雨水、乌云和风
有过呼吸、破碎和停顿。
这个年老的刺客,最后一次在黑夜里出没
失足掉下屋檐
屋檐下的房门
缓缓打开,被杀的人刚走出门槛
——屋内传出婴儿的啼哭,哭声里
掺杂了草药的气味。
哦,漫长的时光,短暂如一夜孤灯。
只是伍子胥呵,你有你的家仇
我②有我的国恨
我身无一技之长,抵挡不住你浩荡的军团
唯有奔赴秦国

依于庭墙而哭，日夜不绝声，勺饮不入口③
换回秦师五百乘救楚。
子胥，我依旧待你为故友
辞官归隐后，我在山林间凿了一座墓碑
为你的父兄守灵。

2012年7月15日

注：
　①伍子胥：楚国人。其父伍奢和其兄伍尚被楚平王无辜杀害，伍子胥连夜逃亡，几经辗转到吴国，请刺客专诸以一把鱼肠剑刺杀吴王僚，而后公子光称王，即吴王阖闾。随后，伍子胥兴兵伐楚，为父兄报仇，几乎将楚国灭掉。后来在吴越对抗中，力劝吴王灭越，竟被昏庸的吴王夫差所杀。
　②我：指申包胥，楚国大夫，原与伍子胥友善。公元前522年，伍子胥因父兄冤案逃离楚国，途遇申包胥，道"我必覆楚"。申包胥答曰："我必存之。"前506年，伍子胥兴兵伐楚。申包胥赴秦，求秦哀公出兵救楚，七日不食，日夜哭于秦廷。哀公为之感动，答应发兵车五百乘前往救援，楚人驱走吴国军队，收复郢都。申包胥拒受楚昭王的赏赐，隐居山中，以度余年。
　③引自《左传·定公五年》。

属镂剑①

——公元前484年，伍子胥被夫差赐死

> 乃告其舍人曰："必树吾墓上以梓，令可以为器；而抉吾眼县吴东门之上，以观越寇之入灭吴也。"乃自刭死。
>
> ——《史记·伍子胥列传》

是幼小的独角兽，在群山间追逐自己的
回声，是拥挤的飞鸟
在天黑前隐入幽深的树丛
今日的黄昏残酷而漫长，多少岁月尘埃
荡漾在平静的屋顶
此刻，我②的灵魂已越过肉身的
冷漠星空
我观察着生命和死亡就像观察一只空杯③
就像年老的男仆
深夜里出城为我收尸，却被鼎沸的灯火
灼伤了眼睛。
杀我的是昏庸的帝王，埋葬我的是
吴淞江的江水
这禁闭的尘土、睡梦，和风声
像护送我的三个随从

像哀悼我的三杯毒药
而我早已不在人世。

2012年7月21日

注：
　　①属镂剑：古代名剑，亦称"独鹿"，是吴王夫差的宝剑。夫差听信谗言，派人送属镂剑给伍子胥，令其自杀。
　　②我：指伍子胥。伍子胥死后九年，吴国为越国所灭。
　　③引自米沃什的诗句。

丧家犬

——公元前479年,子贡①为孔子守陵

> 孔子适郑,与弟子相失,孔子独立郭东门。郑人或谓子贡曰:"东门有人,其颡似尧,其项类皋陶,其肩类子产,然自要以下不及禹三寸,累累若丧家之狗。"子贡以实告孔子。孔子欣然笑曰:"形状,末也。而谓似丧家之狗,然哉!然哉!"
>
> ——《史记·孔子世家》

绿草爬上新坟,燕子对着黄昏低飞
没有斜风细雨
填满这旷野空山。
这新坟里埋葬了整个春秋
和伟大的山水
山水里流不尽
仁者的慈悲。
这逝去的日月②,这浊世的星空……
低飞的燕子
飞进黑夜,又从虚无里
衔出一滴雨露。
雨露的气味,岩石,荒野,和树的气味
生和死的气味
——一个礼崩乐坏的时代结束了。

仲尼呵,你把肉身埋在低处
你把更多的可能和痛苦
藏在世间的每一扇门窗后
仿佛洞悉了真理
和万物(包括那只再次现身的麒麟③)一同死去。

2012年7月15日

注:
①子贡:端木赐,字子贡,儒商之祖,官至鲁、卫两国之相,是孔门七十二贤之一,孔门十哲之一,卫国(今河南省鹤壁市浚县)人。
②在《论语》中,子贡对孔子的评价是:仲尼,日月也,无得而逾焉。
③麒麟:《拾遗记》记载:"夫子未生时,有麟吐玉书于阙里人家。"另,《春秋》的最后一句话即是:"(鲁)哀公十有四年,春,西狩获麟。"

姑苏台
——公元前473年,越灭吴,夫差自杀

> 而越大破吴,因而留围之三年,吴师败,越遂
> 复栖吴王于姑苏之山。
>
> ——《史记·越王勾践世家》

完美是一个白痴①。我②沉溺于不完美的
阴影中,抛弃忧患的哲学
和智者。
越国的美人呻吟如雪
似乎让我永远放纵于二十四岁
廉价的感官声色。
已经完全堕落了,时间即将终结——
不朽的是命运的掳掠
三年了,我被越国的兵团围困在姑苏台上
断了口粮和出路
我从来都不是一个完美主义者
只是败于抑郁和妥协
败于落日破碎的美
我多疑的本性里有自我毁灭的恐惧
无尽的悔恨和空虚
当战火烧至城内,我斥退随从侍卫
独自一人逃到姑苏山上

衣袖遮面，用一柄剑了却余生
树枝上的乌鸦为我的尸身
召集黑夜和幽灵。

2012年7月2日

注：
　①引自卡瓦菲斯的诗句。
　②我：指吴王夫差，吴国国君。吴王阖庐（阖闾）之子。他继承父位之初，励精图治，大败勾践，使吴国达到鼎盛。在位后期，奢华无度，穷兵黩武，终为勾践所灭，夫差自缢。

越绝书

——公元前472年,范蠡隐退,文种被赐死

> 范蠡遂去,自齐遗大夫种书曰:"蜚鸟尽,良弓藏;狡兔死,走狗烹。越王为人长颈鸟喙,可与共患难,不可与共乐。子何不去?"种见书,称病不朝。人或谗种且作乱,越王乃赐种剑曰:"子教寡人伐吴七术,寡人用其三而败吴,其四在子,子为我从先王试之。"种遂自杀。
>
> ——《史记·越王勾践世家》

傍晚时下了一场细雨,天很快就黑了
我[①]坐在太湖边的木屋里下棋:
左手黑子,右手白子
连下三局,每次都是白子赢,黑子输
这是为何?
而今,我能记起的还是那个白衣西施
像雪一样在黄昏里死去
还有我的知己文种[②]
他们从此消逝在这可鄙的人世
——我再也没有可交心的人了
沿着生与死的斜坡
我回到北方,分身于各国
事农,经商

清闲时著书立作

我的灵魂在静水深流的长河、蜿蜒的群山

幸福的柳树下出没

哦,我的灵魂

最终消失在炫目的白昼里,

而白昼同时也是黑夜。③

2012年7月22日

注:

①我:指范蠡。楚国人,辅佐越王勾践灭了吴国,功成名就后急流勇退。其间三次经商成巨富,三散家财,自号陶朱公,乃我国儒商之鼻祖。

②文种:也作文仲,字会、少禽,一作子禽,楚之郢(今湖北江陵附近)人,后定居越国。春秋末期著名的谋略家。越王勾践的谋臣,和范蠡一起为勾践最终打败吴王夫差立下赫赫功劳。灭吴后,自觉功高,不听从范蠡劝告继续留下为臣,却被勾践赐剑自刎而死。

③引自玛格丽特·尤瑟纳尔的《苦炼》。

弹铗歌

——公元前299年,孟尝君①入秦

> 孟尝君过赵,赵平原君客之。赵人闻孟尝君贤,出观之,皆笑曰:"始以薛公为魁然也,今视之,乃眇小丈夫耳。"孟尝君闻之,怒。客与俱者下,斫击杀数百人,遂灭一县以去。
>
> ——《史记·孟尝君列传》

太虚荣了,而且罪恶——
因一句揶揄之词,斩杀数百人命②
要这三千门客作摆设
有什么用呢?
潮湿的灵魂里长不出锦囊妙计
就像一群苍蝇
拥挤着翅膀,进出房舍低矮的门槛
木窗,匍匐在桌上
饱食梦一样的粮食
就像风云际会的鼠辈,在泥潭里
伸长了脖子,为各自的身世
叹息。一年了
我③穿着草鞋,每日弹剑而歌④:
长铗归来乎食无鱼
长铗归来乎出无车

长铗归来乎无以为家……
和饕餮的人相比，这歌声是精神废墟里
唯一的一抹诗意。

2012年7月22日

注：

①孟尝君：妫姓，田氏，名文，战国四公子之一，齐国宗室大臣。其父靖郭君田婴是齐威王幺儿、齐宣王的异母弟弟，曾于齐威王时担任军队要职，齐宣王时担任宰相，封于薛（今山东滕州东南官桥张汪一带），权倾一时。田婴死后，田文继位，是为孟尝君，以广招宾客，食客三千闻名，同时权倾一时。

②指孟尝君通过两个门客的鸡鸣和狗盗之策逃出函谷关，经过赵国拜见平原君时，受到赵国人的奚落：本以为你很高大魁梧，没想到是个小矮人。孟尝君和门客一起仗剑杀人数百，毁了一个县城后离去。可见其心胸狭隘到极点。

③我：指冯驩，亦称冯谖，孟尝君的三千门客之一，也是最具个性和智慧的一个人。孟尝君被齐王罢免宰相之位，三千食客相继离去，唯独他一人留了下来，先后拜见秦王和齐王，重新将孟尝君扶上齐国的宰相之位。

④指弹铗歌，出自《战国策·冯谖客孟尝君》。

赎罪

——公元前257年,平原君前往楚国订求合纵之策

> 平原君赵胜者,赵之诸公子也。诸子中胜最贤,喜宾客,宾客盖至者数千人。平原君相赵惠文王及孝成王,三去相,三复位,封于东武城。
>
> ——《史记·平原君虞卿列传》

没有人比我[①]更了解他[②]:干瘪的灵魂中
没有阴影,尽管他用毛遂[③]的勇敢
换回一时的平静。
尽管他散尽家财,领兵退秦
解了邯郸之围。
但是,除了贵族的温良品行
他还剩下什么?
为了挽回门客和声名
千金不惜美人头[④]
对长平之战中被活埋四十万将士的耻辱
和误判
想想人世的草木,虚无的声名
痛失光阴的人子没有了枕头

唯有刺破乌云的酸雨

落入废墟，和无人的墓地。

2012年7月23日

注：

①我：指范雎，秦国宰相，辅佐秦昭襄王，提出远交近攻的策略。范雎本是魏国中大夫须贾门客，因被诬陷通齐卖魏，差点被魏国相国魏齐鞭笞致死，后在郑安平的帮助下，易名张禄，潜随秦国使者王稽入秦。范雎掌权后先羞辱魏使须贾，后又迫使魏齐自尽。魏齐当时住在平原君赵胜家里。

②他：指平原君赵胜，赵国宗室大臣，赵武灵王之子，赵惠文王之弟，封于东武（今山东省武城县），号平原君，战国四公子之一。

③毛遂：薛国（今河北省邯郸市）人，年轻时游赵国，身为赵公子平原君赵胜的门客，居平原君处三年未得崭露锋芒。公元前257年，他自荐出使楚国，促成楚、赵合纵，声威大振，获得"三寸之舌，强于百万之师"的美誉。

④引自元末明初诗人杨维桢的诗句。

病酒

——公元前243年,信陵君病酒而卒

> 公子自知再以毁废,乃谢病不朝,与宾客为长夜饮,饮醇酒,多近妇女。日夜为乐饮者四岁,竟病酒而卒。
>
> ——《史记·魏公子列传》

群山间倾斜的松针和雨声——
就像是有人从悬浮的半空
跌入幽暗的屋顶
一切已成过去,明月与我①永世不相逢
——继续往低处坠落
坠落的过程没有声音,亦无痛苦
而且,看不见事物的底部
而且,不必与陌生人相遇
不必理会灾难的降临
我生活在无言的宫廷之外
我在四年的病酒和放荡的声色里
保持一半的昏睡,和另一半的
清醒。的确

我并非死于李斯[②]的反间计

而是死于功名和敌意。

2012年7月22日

注：

①我：指信陵君，名魏无忌，魏昭王少子，魏安釐王的异母弟，因被封于信陵（今河南宁陵县），所以后世皆称其为信陵君，为战国四公子之首。公元前247年后，魏王中了李斯的反间计，在猜疑中废黜了信陵君的上将军之位。

②李斯：秦朝丞相，秦始皇死后与赵高合谋立少子胡亥为二世皇帝。后为赵高所忌，被腰斩于市。

秦策

——公元前238年,春申君被刺身亡

> 后十七日,楚考烈王卒,李园果先入,伏死士于棘门之内。春申君入棘门,园死士侠刺春申君,斩其头,投之棘门外。于是遂使吏尽灭春申君之家。而李园女弟初幸春申君有身而入之王所生子者遂立,是为楚幽王。
>
> ——《史记·春申君列传》

我①是一个读书人,自风景的尽头走来
这么多年,一直默默无闻
直到李园②出现在春申君③的府邸——
他的眼睛像匕首一样锋利
我知此人绝非善类
好比一个暴君,在脑袋里塞了一捆
炸药。
几天后,李园将他的妹妹送给春申君
他的妹妹并不如花似玉
但有狐狸、桃花,和香草的气味
怀孕后,春申君竟然犯了糊涂
将其送给楚王为妃
楚王病重时,我顿时意识到
这场灾祸已避无可避

李园随时准备引爆那捆炸药——
春申君驳回我的劝谏
我只好策马回到风景的尽头
半个多月后
楚王病逝,春申君奔丧时中了刺客的埋伏
从此身首异处。

2012年7月23日

注:

①我:指朱英,春申君黄歇的门客。

②李园:赵国人。楚考烈王没有子嗣,李园想把自己的妹妹献给楚考烈王,但是听说楚考烈王不能生育,转而拜到春申君门下做门客,并将妹妹献给了春申君。妹妹怀孕后,李园通过妹妹之口说服春申君,并将妹妹献给了楚考烈王。李园的妹妹进宫后不久,生了个儿子,被立为太子。李园因而得到重用,但是担心春申君泄露秘密,暗中养了一批亡命徒,杀了春申君。

③春申君:黄歇,战国时期楚国公室大臣,战国四公子之一,曾任楚相。黄歇游学博闻,善辩。楚考烈王元年(前262年),以黄歇为相,封为春申君。赐淮北地12县。15年后,春申君回到江东(原来的吴地)。前238年,楚考烈王病逝,春申君在前去奔丧时被楚国国舅李园安排的刺客刺杀。

天下
——公元前221年，嬴政定帝号为始皇帝

> 秦始皇召见，人有识者，乃曰："高渐离也。"
> 秦始皇惜其善击筑，重赦之，乃矐其目，使击筑，
> 未尝不称善。稍益近之，高渐离乃以铅置筑中，复
> 进得近，举筑朴秦皇帝，不中。于是，遂诛高渐离，
> 终身不复近诸侯之人。
>
> ——《史记·刺客列传》

有谁知道，我①和人质赵政曾是生死之交
而今形同陌路？
他做秦朝的王，我做燕国的乐师
与荆轲在集市里饮酒
微醺时畅谈家国，泥醉后击筑而歌

路过的人以为我们疯了
路过的人为我们掩面而哭
——倘若不是为了破碎的山河
我何以送荆轲至易水河畔，再次为他击筑而歌？

可惜图穷匕见，荆轲身死异国。
多少年过去了
赵政灭了六国，做他的千古一帝

我却从此隐姓埋名
藏身于宋子城中做一个酒保

要不是那个击筑的客人,我不会现身
沐浴更衣,端坐堂前
奏一曲悲歌
听到的人仿佛脚底下的泥土全变成了雪

城里的人轮流请我做客,直到赵政召见我
何须他人引荐?
这个头戴皇冠的人怎会不认识我?
我只是荆轲的同党
他熏瞎我的双眼,却给我讲述帝国的繁荣……

黑暗中,我知人时已尽,心中再无牵挂
我将灌铅的琴砸向帝王身
不是为了家国恨,而是知道
我死后,必有烈日降临于熙攘的尘世。

2012年6月10日

注:
　　①我:指高渐离,荆轲的好友,擅长击筑。

乡党

——公元前208年,陈胜兵败被杀

> 陈涉少时,尝与人佣耕,辍耕之垄上,怅恨久之,曰:"苟富贵,无相忘。"
> ——《史记·陈涉世家》

落魄的人为王,终究不忘草莽的习性
骨子里摆脱不了小人得志的肤浅
和胆怯,就像屋檐下摔倒的孩子
嘴里塞满了泥土。

不问出身、贵贱,出身和贵贱可以更改
就如乌鸦和喜鹊的命运任意置换
占卜吉凶,问卜鬼神
所谓谋略,不过是塞进鱼肚里的朱砂和白绸布
是深夜里的篝火古庙,狐狸混迹于人间的
叫喊——

当然,这都是过去的事了。
著书的史官并不知道,那个落魄的王
是我①幼时的乡党,与我曾有盟约:
——苟富贵,无相忘②。
但这到底是什么东西?

曾经的盟约都是狗屁，我被斩杀后
人世噤声。
我与此人再无新仇，唯有背负一生的
耻辱和旧恨。
这个短命的王，这个给了我耻辱的人
有鬼一样的名字，和弹药库的脑袋。

2012年4月23日

注：

①我：无名氏，陈涉（陈胜）幼时的乡党，像一个掘墓人，以他的视角讲述陈胜的身前身后事，颠覆了史官的溢美之词（譬如"燕雀安知鸿鹄之志哉""王侯将相宁有种乎"），而是攫取了陈胜称王后阴暗、冷酷和背信弃义的一面。

②苟富贵，无相忘：意思是如果将来谁富贵了，千万不要忘了对方啊。

十面埋伏
——公元前202年,项羽引兵东还

> 汉王复使侯公往说项王,项王乃与汉约,中分天下,割鸿沟以西者为汉,鸿沟而东者为楚。项王许之,即归汉王父母妻子。军皆呼万岁……项王已约,乃引兵解而东归。
>
> ——《史记·项羽本纪》

我①将船停在乌江畔,等项王策马归来
——这是初见,也是死别
他被世人推上神的位置,而后
号令天下诸侯。
在我看来,他和我的侄儿并无不同
我的侄儿已在战乱中阵亡
死时刚过而立之年

这一年,项王也许是真的累了
他的眼神告诉我:
我为天下累,还是我与汉王累了天下?
兴亡百姓苦
死伤枕藉,却无葬身之地栖身之所

这一年,项王和汉王签订鸿沟协议

划定楚河汉界,引兵东还
却不知归途已是死路。

自古皆如是,饮水的人冷暖自知。
虞姬穿一身白衣在黑夜里死去
项王带八百余骑兵突围,
战至孤身一人。

我站在船上,漂过落日下的江面
江面没有风
和风的祈祷,唯有无尽的空旷
压抑,和悲伤。

——人世的诋毁和赞美同样有罪。

项王就像是我孤苦无依的侄儿
有过慈悲,有过过错
这都是诸神为他安排的不完美
但是,项王身死东城
而无完尸,那又是谁的虚荣和罪恶?

2012年5月13日

注:
  ①我:指乌江亭长。

韩信之死

——公元前196年冬,韩信被斩杀于长乐宫钟室

> 信方斩,曰:"吾悔不用蒯通之计,乃为儿女子所作,岂非天哉!"
>
> ——《史记·淮阴侯列传》

我①知明主难遇,不甘为平庸之辈谋天下:
十二年前,陈涉命武臣②扫荡赵地
我以三寸不烂之舌游说范阳县令徐公归降
不战而下三十余城。
同年,武臣为部将所杀
陈涉兵败后为车夫所杀
——这都是他们的命数呵

此后五年,我避开乱世,在松林间隐匿
结庐为伴,食松果,听泉声
看天空在更高处生长
黑色的鸟群像子弹一样穿过密集的树林
却没有留下羽毛和弹孔。

但我终于不甘寂寞:
汉四年十月,我随韩信起兵伐齐,信自立为王
我劝信三分天下而谋之

他坚持为汉王建万世基业
却不知刎颈之交常山王③和成安君④的下场啊……

我再次选择离开
在破败的市井里装疯做了巫师。
深夜里，我偷偷乘坐马车离开齐国
在寂静的山林间书写流水明月。

韩信被斩杀于长乐宫钟室已是寒冬时节
我知韩信死前悔不当初
汉王将此怪罪于我，欲将我烹杀
但我何罪之有？

自此以后，我断了谋略，弃绝相人术
和不战而屈人之兵的口舌
我只是垂垂一老者
在隐蔽的天空下
寄希望于松林和泉水能治愈我永世的病痛。

2012年5月13日

注：

①我：指蒯通，本名蒯彻，汉初范阳固城镇人，因为避汉武帝之名讳而改为通。蒯通善于辞令，曾建议韩信与刘邦、项羽三分天下。

②武臣：陈胜麾下的将军，前208年，被其部将李良杀害。

③常山王：指张耳，参加秦末农民起义军，初在陈胜麾下，楚汉战争时被项羽封为常山王，后归汉成为刘邦部属，被加封为赵王。

④成安君：指陈余，和张耳是至交，同在陈胜麾下，任校尉。后与张耳拥立武臣为赵王，自为大将军，张耳为右丞相。前204年，韩信、张耳伐赵，斩陈余于水上。

第二辑

旧池塘

梦，或二十年前的庭院

  连夜看《赛德克·巴莱》(整部电影长达4个多小时，有人将其称为近十年来最伟大的华语电影之一)，到天亮还没看完一半，结果闹肚子，吃了药后倒头就睡，一觉睡到上午十点。
  醒后，想起梦中的万千镜像，顿觉恍惚和惊异，唯恐事后遗忘，故将梦中所见记录于此。是为记。

我印象中是在下午，接近傍晚时
父亲在院子里做木工活，反复雕琢一个板凳
母亲在厨房，或是出去了？
——影像突然有些模糊。
我蹲在地上，看着那翻卷的刨花、碎屑
和木的清香。

背后是破旧的茅草屋，泥土垒的白墙
院子里一棵楝树
我和父亲在楝树的树荫下
各自忙活。
突然，我们的周围一片明亮……

我抬起头，透过稀疏的树枝的遮挡
仰望天空——

天空布满绿的黄的麦田、破旧的茅草屋
以及数不过来的世间万物
在天空的投影：清晰、宁静、平整
就像在水里洗过的云朵，像屋顶
倾斜的雪。

——没有风，只有静止的事物
低到了尘埃里。
我被眼前的美惊呆了。
我被天地有大美而不言惊呆了。
我被这巨大的空中庭院的波澜壮阔惊呆了。

我抱着相机冲出去，把这瞬间不再的美
拍下来，然后打电话告诉
住我隔壁的小情人
结果，一阵忙乱后发现
自己抱在手里的竟是一部老式电话。

我回头大喊：爸爸，我的相机呢？
我的相机哪里去了？
父亲抬头看我，再看天上
接着埋头，继续敲打木板凳
——光线骤然变暗，父亲和我同时
掉进黑暗的缝隙里。

绿的黄的麦田不见了，破旧的茅草屋不见了
包括世间万物的踪影。
——头顶的太阳一团漆黑。
偏偏这时，我从睡梦和体温中醒了。

2012年5月16日

小酒馆
——赠酒徒兼吃货徐煊政

1

在酒馆里喝酒的人,看细碎的光掉在身上
仿佛一小片鱼鳞
窗外是西湖,夜西湖的灯光
照着漆黑的水面。

我们坐在卡萨布兰卡的角落,靠着旧木桌
喝酒。
我们两个落寞得如同一棵树上
无人采摘的坚果

酒馆老板拎了一瓶啤酒过来,找我们喝酒
聊过往的生活
旁边的乐队死命敲打摇滚
和流行乐
太嘈杂了——我们要谈话必须交头接耳

我转过头,看酒馆里的每一个
生面孔,他们各自不同的神情构成一部微电影——
坐在我背后的一男一女

男的是医生,女的是(我突然忘了)?
他们面对面坐着,眼中充满诱惑

接着,女的坐到男医生的旁边
身体挨着身体,嘴巴几乎咬住男医生的耳朵
等我喝了两杯酒,再回头时
他们已经起身离去。

2

去年夏天,我们约童俊去保俶路的88酒吧
酒吧里音乐轰鸣
隔壁桌坐了两个白衣美女,低胸
独自饮酒,眼神在黑暗中飘移

坐了半个小时不到,我们每人拎了两瓶
没喝完的啤酒开溜
然后爬到西湖边一座商务楼的顶楼平台上
吹着热风,继续拼酒。

——我们当时聊了些什么?
至今已无从记起。

3

此后,我们去过曙光路的旅行者、1944、seven
我们在酒馆里说起若小安的微博
和微博上的风花雪月
多少人被迷惑:一个失足的女子
竟有如此才华,写尽俗世生活里的
孤傲,绝望,美,和忧伤。

事实上,我们所有人都被蒙骗了
直到某日,各大报纸网站发稿辟谣——
若小安是一个男人!
——性别的过渡就像一次偷梁换柱
就像我一个同事的签名:
苏小小一夜之间变成了苏东坡。

——刚发生的事情很快就成了过去
事过境迁之后
我们的生活重又归于寂灭。

4

在小酒馆里,我真想做一个酒徒和吃货
就像摆在我们面前的木桌
在遥远的森林里被砍伐,运送,制作

然后来到这儿,重新活过。

——想起年初一场落雪
我陪家人开车去武义泡温泉,你带我们去吃野味
车子在山间小道曲折迂回
车轮碾压着积雪
那一切仿佛就在今晚。

是啊,如果有一场大雪落在今晚
如果我们把小酒馆
搬到湖心亭里,如果有更多如果
吹着你、我、时间,和雪。

2012年4月28日

雪之女王
　　——写给C

拉普兰德的山上,雪挤压着雪,就像
追赶不上的白色火车。
当然,那里没有火车,只有雪橇
和纯净的雪之女王
她把小男孩凯伊从广场上带走,当漫天的雪花
飘洒。
天空冰冷,而凯伊早已杳无踪影。
那个叫盖尔达的女孩呢?
那个和他曾经手牵手亲吻玫瑰花的女孩呢?
她孤独一人,站在雪地上
问过每一朵花,走过每一个地方
寻找凯伊途中的经历和险恶大可一笔带过
结局依旧圆满。
这就够了——我们不可能活在童话的阴影里
随后,我们假装在飘满鱼鳞的天空下
换了一个舞台。
在这个舞台上,我认识的女孩叫宝拉
我认识的男孩叫韩太雄(或韩得九)
他们是另一个凯伊和盖尔达
他们彼此相爱,爱得纯净,隐忍,悲凉
他们在一个舞台和另一个舞台之间

徘徊。
和我一样，他们对命运知之甚少
——也许是我的错觉。
他们相信雪之女王住在拉普兰德的山上
可是这次，雪之女王带走的是宝拉
是盖尔达。
——宝拉死了，就像雪在雪中融化
乌鸦在黑暗中隐身
对长大成人的凯伊来说，这是命运无常
这是毁灭和残忍。
想起宝拉一生最爱的童话，这个数学天才
去了一趟拉普兰德
然后回来，公开讲课
静静生活，和陌生人擦肩而过
我们到此方知——
世间再无盖尔达，再无宝拉
唯有在别处，比如《浪漫小镇》[①]，或《神的晚餐》[②]中
我们和第三、第四……个盖尔达相遇
可惜时光不再。
我们痛苦的眼泪，停在最初的破碎、惊艳
和秘密卷曲的火焰里。

2012年4月24日

注：

①②分别是韩国女演员成宥利主演的两部韩剧。

旧池塘
——暮春,雨中,与胡人诸兄结伴同游

这里偏安一隅,几乎无人造访
这里有宋朝的银杏、香樟,明清的戏台和祠堂
这里有旧池塘
——从我的衣服里洗出斑驳的树影和
白日梦。

我太困了,睡意细如一尾白鱼
翻着肚皮,掉进旧池塘里

人世的绳索拉扯着我,肉身逃到清朝
与池塘对岸的桃花联姻
她的妖媚和纯真,她的藏在镜子里的美
和一世的贞洁、言辞、爱恨。

——谁在旧池塘里复活桃花的命运?
又是谁在诗书里恢复远山和树的秩序?

整个上午倏忽而去。门前的流水
永未止歇。
时值中午,我们坐在木房子的二楼用餐
我们围在桌前畅谈国事

仿佛桌椅油漆的旧时光,深不可测
却无关痛痒。

在荻浦村,旧池塘不止一个
桃花亦非三两朵
的确,如你所见
不是每一朵桃花都充满喜悦,不是每一个旧池塘里
都有痛苦修补过的痕迹。

2012年4月23日

往昔

回忆的靴子掉进梦里,而没留下任何痕迹
就像是雨,落在往日的阴影里。

醒来已是傍晚,推开窗户
看着远处迷蒙的天空、灰暗的建筑
仿佛到了另一个城市
心底充满从未有过的敌意和陌生

或许,睡梦中醒来的那个人是我
而你是另一个我
走过我十年前走过的崎岖小路
爱着我十年前爱过的流水和明月

或许,你在想,如果外面在下雨
如果这雨可以下到一段凌乱的内心独白里
这段独白该有多么温暖
就像蜡像馆里的蜡像,吹灭了微暗的火

就像是心里,住着一个幼小的野兽
吞没了荒野
或者,反被无边的荒野吞没
就像是忍不住吃掉的苹果

和暗夜。

我曾在一首诗（已经遗弃）里赞美——
麦子青青，饱满、纯净
看见了吗？
它们和落在身上的雨水一样美

面对流逝的时间、生命
我们的身体因寒冷而变得像钻石般透明。

2011年8月22日

另一个人

我醒来,耳畔充满了歌声。
我躺着,坐着,起身从一个房间走到
另一个房间。
默默数着自己的脚步,就像是要记住
我曾有过的困顿和耻辱——

推开门,仿佛掉进一座迷宫
假如我是我的替身,是另一个人
藏在晦暗不明的镜子里
提刀拦截从未见过的灰尘、树叶,和王的女儿
但是往返的路上一个人也没有

有时,闭上眼睛,以为仍在梦里——
我知道我将要从一个梦跳进另一个梦
而不经过任何过渡
在另一个梦中看到时间与冷漠的交错
这流逝的时光,这孤独的建筑

而我不会分身术,不懂精神分析学
不能把一个我变成若干个我
比如第二、第三、第四个我

但在相反的向度里，我是另一个人
"我写诗是为了认识自己，使黑暗发出回音。"①

2011年6月24日

注：
　　①引自希尼的诗句。

失踪者

失踪的人把身体折成一片树叶,然后躲在
白云深处,裸身而卧。
我不能指望你化身为羽毛,飘到古典的铜镜
和阴影里。
虽然,不久之前——也许是很久以前
欲望的回声倾泻如雨
你潮湿了我的耳朵、床单,和白日梦
你沿着梦中幽闭的扶梯,轻轻走动
而我在别人的梦里翻身、哽咽
——仿佛黑暗中的一列快车——
转瞬即逝。
你知道,我不会因怯懦而大声拒绝
不会犹豫着把话说了一半,另一半掐死在梦里
有时,转身带来诱惑
有时,转身就是无尽的冷漠、决绝
我知道,无论我如何忏悔
你都不会再回来,不会抱着落日
掉进漆黑的日子里,点燃我的灰烬和余火。

2011年3月6日

云和雨

我一度以为自己曾是历史的近邻
在朱红色的高墙内,清扫僵硬的烂泥和雪
偶尔在门外徘徊
想起落魄的帝王、迟暮的美人
早已沦落镜中
镜中万物生长、凋零
云在树的顶端,雨在巷子深处
它们构成了我最后的天空之后的孤独
我在镜中,有过云和雨的
痛苦,远山和树的
痛苦,不断消逝重叠于白天和黑夜的
痛苦。
我必是我的远亲,空气清洁的自我
重述汉唐的宫阙春深
南宋的州府繁华
须知今日的江南恍若神话梦境之虚无
无辜如我。
我迫使另一个我,把云和雨关进了抽屉。

2011年3月9日

初相遇

> 在时间的岩石上,时间在生长。
> ——约翰·阿什贝利

茶馆像一只黑鸟,伏在黑暗深处,看不清
自己的倒影。
我们坐在它的眼中喝茶,回顾往日的童真
——譬如一半的茶叶漂在水面
譬如你的宠物狗,等等,一个永远没有结束的名字
和你在街头相遇、离开、重逢
——让我想到忠犬八公
它喜欢坐车旅行,它冷静,却不热情
它和我们一样,始终对这个世界
保持某种妥协和抗衡。
而我的回忆并不完整
就像是空阔的旷野上远远扔出的一块石头
听不见任何回声
就像我在旅途中醒了又睡,睡了又醒
分不出末日的喜剧和喜剧的末日
到底有什么不同。
好吧,我装作理解,或者不理解
过去

隔着生活的桌面
试图,并且几乎可以抓住一切不朽之物。

2011年3月10日

反复

> 我看见狭隘的秩序有限的紧缩。
>
> ——A.R.阿门斯

灰白的烟雾笼罩了西湖,几乎要下雨
雨下在过去。
我们在山顶喝茶,然后沿着石阶散步
回到住处,我坐在床上
听你讲起彼得·西格尔导演的爱情喜剧
《初恋五十次》。大致剧情是:
花花公子桑德勒在餐厅遇到女孩露茜
而露茜只有一天的记忆
她只记得昨天出了车祸,今天要给爸爸过生日
陪爸爸和哥哥看同一部电影
桑德勒每天制造各种理由,重新认识露茜——
讲到动情处,你咯咯地笑个不停
仿佛我也坐在电影院里,反复看同一部电影
或在书桌前,反复读同一本书
是的,雨下在过去,每天如此
就像我的孤独,在梦中苏醒
"——清晰得让人无法平静——"

就像整个下午,几乎要下雨
灰白的烟雾笼罩了西湖。

2011年3月16日

忧郁之书

> 蓦地黑风吹海去,世间原未有斯人。
>
> ——沈曾植

我不能否认你的存在。譬如我们四个人
坐在一张桌子上打牌
其中一人中途离开——也许不再回来
永世没有再见

假设他这一生只认识我们三个人
我们如何证明他还活着?
中途离开的,也有可能是我们之中的一个
只是我们没有意识到

身边再无某人,和我们一同分享世间的风声
雨声,白云流水的往昔
细雨飞花的酒杯和情事
我知孤独到此为止,也许孤独从未停止

我把自己埋在废纸堆里。
我把自己埋在尼采凶狠的谶语里:

"倘若人丧失了此前他赖以生存的锚链,
他会不会漂移到一个无尽的虚空中去呢?"

2010年8月19日

游桃源小洲
——为嘉兴桃花节而作

仿佛有凉风,飘在石佛寺空旷(或空灵)的钟声里
仿佛有翅膀,越过围墙和梦的走廊
循环的流水两侧,千年银杏的四周
遍地春光纵如我的前世锋芒
亦抓不住今生桃花的羞涩,柏拉图式的花朵
或再生的、无限推迟的妩媚
寂静中横穿桃源的女子
也许有冬日里浮冰的单薄和清冷
也许有睡梦时略施粉黛的吻痕
孤独而坚忍。
倘若在沉醉(或清醒)时撞见桃花的姊妹
这躲在镜中的小情人
我该如何回避象征的爱的阴影
以及虚掩的暮色?
如果我们早已错过
如果我们之间从未有过任何黑夜和盟约。

2010年3月14日

秋声赋

> 只有一枝梧叶,不知多少秋声。
>
> ——张炎

我走在回家的路上,忍着飕飕凉意
想起傍晚时,沿着湖边散步
看到一个湿漉漉的孩子
蹲在梧桐或榆树下,架一口瓦罐
点一支蜡烛——煮一条小鱼
这多么像一幕荒唐有趣的轻喜剧
类似象的失踪,在重重疑虑中
"往往感到周围事物正在失去其固有的平衡"①
更如执迷不悟的堂吉诃德
以长矛对抗风车,这并不出奇
我循着光影,醉倒在茅庐
草丛和石堆里抑不住的虫鸣、风声
拍打着我睡梦中的迷茫与镇静。

2008年9月3日

注:

①引自村上春树。

千山暮雪，夜读中国

雪簌簌地在落，昼夜不见消停
飘过低矮的屋檐、树枝、街道和粮仓
飘过孤舟码头，及未竣工的楼盘
沸腾的雪，湮没大半个中国
将急切归乡的旅客，滞留于车站和广场
不断传来红色预警，不断看到抗雪的人
扫去我们眼中的灰尘和雪
直至隐入寒冷的黑夜
我躲在镜中，夜读中国
夜读——雪落在中国的土地上
扑朔迷离的雪，仿佛种种曲折
仿佛爱伦·坡对特萨拉尔岛岛名的推测：
"我已将此铭刻于群山之间
我已把对尘土的报复深藏于岩壁之中。"

2008年2月21日

一生

> 香稻啄馀鹦鹉粒，
> 碧梧栖老凤凰枝。
>
> ——杜甫《秋兴八首》

我坐在屋檐上喝酒，仿佛漆黑的孔雀
也曾对这世界充满了冷漠和热烈
彼此擦肩而过，彼此转身
不见你我，不见你我藏在镜中
日渐清晰的阴影和轮廓
我坐在屋檐上，看你背着药箱
在暮色中走过
我如孔雀，留在此地
此地亦如朝露，将我放逐一生
我一生背对大海，我一生都在忍耐和等待。

2005年8月24日

第三辑

古诗十九首

锦瑟

> 锦瑟无端五十弦，一弦一柱思华年。
> 庄生晓梦迷蝴蝶，望帝春心托杜鹃。
> 沧海月明珠有泪，蓝田日暖玉生烟。
> 此情可待成追忆，只是当时已惘然。
> ——李商隐《锦瑟》

我坐在板凳上，眼睛温暖而湿润
我吃着平菇和魔兽
你拨着锦瑟和钢琴
我怀抱庄周和蝴蝶
你含着眼泪和杜鹃
我们的身体如烟，如海绵
日暮乡关。
你消失在唐朝，在古典的蓝田
我只好一遍遍地数着自己的悲苦和寂灭
数着我的残酷和迷乱
轻村里的人为谁泪流满面
我的结案陈词
我的秋天。
亲爱的，我看着你推开窗户

和傍晚。
你吃着棉花糖,狐狸一样经过秋天的芦苇荡。

2004年9月8日

卷耳

> 采采卷耳,不盈顷筐。嗟我怀人,置彼周行。
> 陟彼崔嵬,我马虺隤。我姑酌彼金罍,维以不永怀。
> 陟彼高冈,我马玄黄。我姑酌彼兕觥,维以不永伤。
> 陟彼砠矣,我马瘏矣,我仆痡矣,云何吁矣。
> ——《诗经·卷耳》

我跺脚,发脾气,我举手,挖耳朵
我上床,昆虫勿动
我退守,死在春秋
你在暮晚,轻轻走了很远
念着河流中的《诗经》
那一天我去了山上
山上掉下一片叶子,一盘棋局
我身陷囹圄
我见不到你
你穿着素朴的衣服,藏在周朝
我跺脚,发脾气
我推开那些躺在眼睛里的冷兵器
我逃之夭夭
我们的村庄已经变成一片废墟

我还是很怀念你
有时候,我就想做一只蚂蚁
和你在一起,耳鬓厮磨
没有王朝和枷锁
没有风过耳,只有两个人的编年体
两个人的春秋和战国。

2004年9月9日

蜡辞

> *土反其宅，水归其壑。*
> *昆虫毋作，草木归其泽！*
>
> ——《蜡辞》

我终于可以相信，已经挨到秋天了
我们站在天子脚下
面面相觑。我为你念着《蜡辞》
一朵繁芜之花
你说，花是一种植物
没有眼泪和灰尘
那里，没有我的苦涩和沙哑
没有一种叫桑柔的花
停在我们脚下
水土、昆虫和草木各归其位
我们提灯回家
然后，在院子里种下一枝叫藏青的花。

2004年9月10日

鼓琴歌

> 美人荧荧兮，颜若苕之荣。
> 命乎命乎，逢天时而生，曾无我嬴。
>
> ——《鼓琴歌》

我该怎么说呢，我的慢慢变黑的身体
已经被迫降落。
你把房间敞开，如雨伞
此刻，窗外的光线照着栏杆
照着你疲倦而慵懒的容颜
你说，秋天不过如此
清淡。我如此虚弱
我的眼中含着隐约的泪痕
但是我该怎么说呢
傍晚的时候，我出去散步
空气里悬浮着一滴一滴的颜色
令我想起一个人，就像一粒柔软的子弹
射穿整个傍晚。

2004年9月10日

弹铗歌

> 长铗归来乎,食无鱼。
> 长铗归来乎,出无车。
> 长铗归来乎,无以为家。
> ——《弹铗歌》

我坐在邝地上,打磨石器和青铜
我忘了天黑,忘了公元纪年
比如公元前1983年
或公元前684年
我在尸骨未寒的碎片上
写下甲骨文
写下一个时代的孤独和偏见
我在退出朝野之前
再次俯瞰一眼我的部落和氏族
我的拱手相让的江山
我带着一把长剑回来
但是没有桑柔,我的桑柔
留给我一封书简之后
回了那个叫仙桃的小镇
我独自一人生活
没有鱼,我有饥饿
没有车,我有森林

没有家,我有妻子
我的妻子叫桑柔
病死在公元前1983年
或公元前684年
早我一年零八天
我带着长剑,空腹,死于怀念。

2004年9月10日

桑柔

> 菀彼桑柔，其下侯旬，捋采其刘，瘼此下民。
> 不殄心忧，仓兄填兮，倬彼昊天，宁不我矜？
> ——《诗经·桑柔》

我终于有了一幅木板地图，桑柔
我现在在天水放马滩秦墓
今天下午
我就去那个叫仙桃的小镇找你
我只是一截朽木
畏畏缩缩地停在这里
这里坐着一群没长眉毛的人
他们衣不蔽体
他们一片漆黑
他们各自拉着一把摧枯拉朽的琴
我经过的村落已经成为一片废墟
仙桃偏安一隅。桑柔
我把一朵花种在眼睛里
我疲惫地看着你
我把你也种在眼睛里
你在最后的时刻，穿越并回到我的身体。

2004年9月10日

河上歌

> 同病相怜。同忧相捄。
> 惊翔之鸟相随而集。濑下之水因复俱流。
>
> ——《河上歌》

开始有点疲倦,病恹恹的,在这昏昏欲睡的下午
我在船上漂了一天。我在岸上
坐了一年。我给你们看
我的头发,我的牙齿,我的皮肤
我的看不见的哭
我的挂在远处的白色瀑布和金属
还有我的妻子,我的藏青和桑柔的花
我的累,坐至船尾,打瞌睡
身体和船,浮在水上,摇摇晃晃
整个下午都在摇摇晃晃
已经秋天了,植物停止生长
我退出朝野和乱党,坐在船上
那个与我同病相怜的人
仿佛惊弓之鸟,应声而落
或如狐狸,穿墙而过。

2004年9月21日

孺子歌

> 沧浪之水清兮,可以濯我缨。
> 沧浪之水浊兮,可以濯我足。
>
> ——《孺子歌》

我习惯在秋天的傍晚,一个人到处走走
一个人对应着另一个人。
另一个我看不见的人,始终站在那里
她吃着我的青春,她很残忍
她说:我已经开始想念你了
现在,我要去楚国见我父亲
见我假想中的敌人。
但在临走之前,她却又告诉我:
千万不要去恨你的敌人
要谢谢他们,谢谢他们
她的转身,仿佛蝴蝶
在秋天闪了一下翅膀之后熄灭
之后我转身回家,耳畔响起
风吹过河流的声音,轻得像风琴
像你虚弱的肉身,和忧郁的眼神。

2004年9月23日

有炎氏颂

> 听之不闻其声。视之不见其形。
> 充满天地。苞裹六极。
>
> ——《有炎氏颂》

天空飞过一群黑鸽子、白鸽子,掉下一些
细小的雨。
我藏在秋天的玉米里
听见有人踩着空虚,有人无病呻吟
有看不见的轻,如我一生
我一生遇见乌鸦、蝙蝠、孔雀、凤凰和鹰
我一生写下青春、爱情、疾病和风
风中的隐痛,轻轻如我一生
我一生都在你的肩膀上,坐卧不宁。

2004年9月23日

弹歌

> 断竹续竹。飞土逐宍。
>
> ——《弹歌》

终于要跟北京说声再见了。再见,北京
然后南京,然后苏州,然后上海
然后重庆。我坐在第17节车厢
在旅行者的歌中,踩着一路上的丝竹声声
一路上遗失的一些美好和感伤。
说到动情之处,你总会使我为你而哭
为你写下无情和杀楚
烈血追风。追着天空下的鹰和码头上的缆绳
追着我们的秋天,和爱情。
我们细如针线,我们守口如瓶
我们热泪盈眶,我们永远年轻。

2004年9月25日

葛覃

> 葛之覃兮，施于中谷，维叶萋萋。
> 黄鸟于飞，集于灌木，其鸣喈喈。
>
> ——《诗经·葛覃》

如果在广源新村，在珠江广场，再往南走三站路
在园艺场，我停下，给你写信
附近是上涌村。一些陌生的人
在后面推着我，他们的身上散发着
浓烈的酒精和大蒜的气味
他们操着地道的口音，仿佛一截一截的葛覃草
一种很深的植物，它的茎和根
穿不透的深。而我仿佛一只黄鸟
藏在草丛里，早出晚归
天黑之后，开始麻将声声
片刻不见消停。
我躲在房间里发呆，接着发呆
接着，我忘了给你写信，在上涌村。

2004年12月10日

桃夭

> 桃之夭夭,灼灼其华。
> 之子于归,宜其室家。
> ——《诗经·桃夭》

窗外的桃花在一夜之间盛开,那些黑,那些白
那些门人和说客,在墙外经过
马蹄声浅。春意渐浓
早晨的阳光,细碎而均匀地洒落在竹简上
我躲在房间里清理竹简
公元纪年,和冷兵器时代的狼烟
我独自一人在刀尖上行走。
我说过,曾经,你不是我的对手
我的对手是桃花,在远处冷冷地开。
你追我至江边,我坐船离开中原
到南方,一个叫净慈寺的地方
我写下我一生中热爱的女子,她们的名字
譬如桃花。
傍晚,我抱着净慈寺的桃花
坐船回来,房内已经空无一人。
我有点困了,想睡一会儿
来者,若在天黑之前回来

或从我身边经过,别忘了叫醒我
为我扫去身上的风暴和积雪。

2004年12月13日

鹊巢

> 维鹊有巢,维鸠居之。
> 之子于归,百两御之。
>
> ——《诗经·鹊巢》

在广州,我一个人住,仿佛江湖上的兵器谱
一个人的江湖,鸡零狗碎的江湖。
我坐至窗前,窗外一片阴暗
我吃着一些流行音乐和白色药片
一些回忆和感伤,已经被消灭
直到某日,我们落草为寇
直到某日,我们相忘于江湖
江湖上只有你和我。
或者这么说吧
你渴望在你的世界里偷鸡摸狗
我渴望在我的鹊巢里左右逢源
看是看不见的
比如我们之间曾经有过的一段江湖恩怨。

2004年12月14日

绵

> 绵绵瓜瓞。民之初生,自土沮漆。
> 古公亶父,陶复陶冗,未有家室。
>
> ——《诗经·绵》

我看到庞大的战车,停在天子脚下
我看到周的子民,在田野间
吃着苦涩的堇葵。
我看到一些黑色、黄色、蓝色、绿色和红色的植物
我看到天空和天空下的海水
我看到我的邻居在苍老中死去
我看到你那密布在脸上的春秋战国地图
但我唯独看不到自己
我在某一年的冬天退回了镜子里
如今,未有家室。未有器具。
未有其他。夜幕降临时
我从绵里藏针的海水里湿漉漉地爬上岸来。

2004年12月14日

荡

> 荡荡上帝，下民之辟。
> 疾威上帝，其命多辟。
> 天生烝民，其命匪谌。
> 靡不有初，鲜克有终。
>
> ——《诗经·荡》

也许是我错了，也许我不该去周朝割草
然后去唐朝喂羊。我不该
我不该如此过渡，比如
我被锁在你的抽屉里，停止发育和生长
我带着骄傲的、羞辱的、自责的、惭愧的
以及愤怒的情感
在宽阔之中行走
我想着秋天，冬天，秋天和冬天随后就来
我想着你，在周朝的湿地上
也许我不该想你
你纵容我撒谎和犯错，纵容我的饥饿
我在天子脚下奔走相告：
我丢失了一把钥匙，接着又丢失了一把锁。

2004年12月15日

潜

> 猗与漆沮,潜有多鱼。
> 有鳣有鲔,鲦鲿鰋鲤。
> 以享以祀,以介景福。
>
> ——《诗经·潜》

每天上午坐车去中信乐陶苑,下午返回园艺场
每天都要经过下渡路口和墩和
每天读一本恋爱中的《诗经》
每天想起一次李商隐的《夜雨寄北》
每天完成一些工作
每天重复着沉思和雕刻
每天潜至水底,看见更多的鱼。

2004年12月17日

冻水歌

> 冻水洗我若之何。
> 太上糜散我若之何。
>
> ——《冻水歌》

我管你怎么说。我要去的地方你不曾听说
他们坐在那里,吃着茄子和树叶
我刚好经过,一些废铜烂铁。
我们一起坐在树荫下幸福地发呆
快乐地发呆。
焦灼中渐行渐远的青春,迟暮的乡镇
一群雕刻时光的人
他们眼睛里的贫穷,饥饿,和冷暖
已经很久了,很久没有下过一场雪
很久没有人来过,除了我
我已经来了,在慌乱中跟他们擦肩而过
在某种隐蔽的秩序下做着细微的磨合。

2004年12月16日

甘泉歌

> 运石甘泉口。渭水不敢流。
> 千人唱。万人讴。
> 金陵余石大如抠。
>
> ——《甘泉歌》

我要走了,暗夜里的歌声,拍打着渭水
我摸黑点灯,搬运石头。
我痛彻心扉,想起可可西里的眼泪
天气阴冷,地面潮湿
我趁着天黑赶往南方
一只乌鸦病死在路上
在路上,想起我黑暗中的妻子
我破旧的乌衣巷
想起中国,想起北纬37度的地图上
躺着我的仓皇、敏锐和焦虑。

2004年12月20日

夜雨寄北

> 君问归期未有期，巴山夜雨涨秋池。
> 何当共剪西窗烛，却话巴山夜雨时。
>
> ——李商隐《夜雨寄北》

我应该在巴蜀等你，等秋天的第一场雨
我应该点着蜡烛想你
但我现在不在盆地
我在公元前的某个晚上去了南方
躲于某个穷乡僻壤
我一生都在热爱中生活
一生都在寻找一片冷寂的花枝和雪
可是亲爱的，你却偏偏告诉我
——我们已经没有爱情了。
这无所谓。倘若天黑
你还会不会坐在西厢
为我流泪？告诉我所谓的苦涩和漆黑。

2004年12月20日

第四辑

狐狸踏雪的三种可能

生存之日

傍晚的颜色被风吹灭。我把一截声音
揉碎在咖啡里。听不见
雪的伤痕,有如我的斑斑劣迹
我的双手盛放在一滴水中
下垂,或移动。
仿佛静止的风,仿佛冰雪消融
露出肩膀和鱼一样的肚皮
灰指甲藏在肉里
肉身穿墙而过
我们再次在生存之日相遇
而我却已经落草为寇
一切从头做起。
无须操之过急,为难自己
那又何必。难道非要置之不理地
看着自己的半截身子
正一寸寸地滑进胃的黑色楼梯?

2004年1月30日

刻在墙上的乌衣巷

他们摸起刻刀和钉子,他们坐在海印桥上
雕刻时光。
湿气笼罩着珠江,低矮的天空
飞过几只温暖的鸽子
命犯桃花的人,三滴五滴,蹲在树上
傍晚时,他们扛着梯子走了
我留在17楼的窗口
将自己扩张成一个剧院或孤岛
而你坐在哪里?
你带我去过朗拿度、星巴克,和避风塘
我只带你去过乌衣巷
刻在墙上的乌衣巷,一些旧时光
此后,我每天去同一个地方
每天见到同一个女人,与我擦肩而过
她的丰满,她的妖艳,她的床
她为我敞开漆黑的身体,和漆黑的光。

2004年12月2日

闯入者

酒过三巡。门开着。闯入者不过今晚
始于水滴进耳朵。
我给你斟酒,然后退至门外
一棵树下。
你坐在我的房间里喝酒
我停在远处
远处影影绰绰,远处草木皆兵
似乎有风,四处走动。
风声阴冷
恰如今晚,寸草不生
一切皆止于水滴入静脉。
而你不过今晚,今晚不是我的错
我错在哪儿?
所谓参差错落的骨架,抑或
清晰的树的轮廓?

2004年2月2日

自然

我不想在天黑之前回来。而风
起止于自然,自然近乎不存在
倘若宽厚之词尽敛
我下沉的肉身流落民间
花谢花开始终是同一种语言
在午后两点
消失或呈现。遁词若干
我的徘徊、低语和心的独白
隐忍之词敞开
我从你身上摘走最后一片树叶
已是白日将尽
天黑之前,我自然不曾归来。

2004年2月3日

狐狸踏雪的三种可能

早晨我睡得迷迷糊糊,隔壁已经亮灯
他们把房间搞得叮叮当当
侧起耳朵,我听到他们说:
——都12月31号了。真是快啊,好像
什么都没做,一年就这么过去了。
(今天不是12月29号吗?)
然后,我又听到他们说:
——一起去山上吧,看狐狸踏雪。
(今天下雪了吗?)
我匆忙起床奔了出去。
到处皆无落雪。看来狐狸踏雪
可能是一道菜(但不适合做早餐)
或一个比喻。
直到经过一条河、一座桥
我恰巧看到他们正抱在一起接吻
紧挨着一棵阴暗的树。
至此,我才确信狐狸踏雪的另一种可能
——小心隔墙有耳。

2003年12月29日

12月28日黄昏

我们一滴滴地走进12月28日黄昏
仿佛众鸟归隐。
脸上暗藏死的伤痕
我坐在房间里喝着雀巢咖啡
有一点点的苦和碎。
已经搅拌均匀
已经有人在半导体收音机的声音里
为我哭泣。
我陷入迷醉。坐至窗前
读着一封来自外省的书信
仿佛一杯咖啡,融入12月28日黄昏
融入哭泣的耳朵,悬浮的肉身。

2003年12月28日

粉墨登场

舞台已经敞开。我退坐至最后一排,仿佛木偶。
灯光和夜晚次第敞开
道具和观众漏了出来
在各色灯光下模糊不清
根据通知:演出将于今晚七点开始
九点结束。六点五十五分,一切就绪。
主持人上台,按部就班,献词和旁白
帷幕拉开。表演者粉墨登场
逐一从一数到十七,按照次序
我一直病恹恹的,昏昏欲睡
迷糊中听到掌声雷动。
醒来之后,演出将近结束
他们极力喊我上台致晚会闭幕词
我摇摇晃晃走上台
却因一时激动,忘了台词
而被他们七手八脚扔出窗外。

2003年12月28日

细节,慢

慢慢地回头,转身。花慢慢地开
在门口的菜园。你挥着手绢
泪流满面。
我却从此一病多年
你在身边,令我从此隐忍和沉默多年
我一遍遍地数着门口的
池塘、菜园和远处的一片荒山。
皆有不可抵达的深度
譬如一个上午,一个下午
慢得迷糊,而且不清不楚
有人在我的耳朵里哭
哭声艰难。
冬天如棉毯,围着火炉铺展
那么慢。
具体的慢,抽象的慢。
仿佛永远
永远青梅竹马,永远两小无猜。

2003年12月26日

星空作业

此刻,天黑了。我的上面星罗棋布。
仿佛地图。沉寂、孤独。
我坐在下面,看着星光在下垂
路灯在上升。
升至一片建筑,和建筑物的
阴影。
后面是操场、栅栏、四百米跑道。
前面是礼堂。礼堂里
正在上演一部爱情电影
灰色格调,慢节奏
画面因循守旧,恰如
路灯彼此间隔,恰如
已经被拆散了的,一节节的
玩具火车。
但是此刻,天黑了。我坐至深夜
反复临摹
一篇尚未完成的星空作业。

2003年12月22日

晨歌

已经逐渐清晰和明朗。树和建筑
随处可见。光的暗斑
从脸部流逝
我们彼此分散在不同的位置上
回顾开始时的慢动作:
腾挪,跳跃,转身,或者奔跑。
光线仍在扩散,但这不能阻止潮湿和阴冷。
风在树枝上轻微地摆动。
然后离开,如消失了的墙的阴影。
暗处的事物不断呈现。
颜色或深或浅
秩序错落有致
但不比我们,我们的肢体
更倾向于抽象和隐蔽
只为练习慢下来的晨跑,以及后退的技巧。

2003年12月12日

某日下午速写
——和余丛

房子里的物什已经被搬空,仿佛
废弃的飞机场。
刚折叠好的纸飞机,擦着地板
飞出窗外。
窗外。阳光很高。风很大。
风从北面吹来,树枝在抖动
树枝下面一片寂静。
此刻,一对小情人正躲在阴暗处
窃窃私语。
双手在衣服里移动。因为冷。
在冬天,一个人犹如一滴水
在下坠。而阳光低垂
缓慢而凝重
低过下一个台阶
低过台阶上枯萎的玫瑰
低过众鸟之泪。
在下午,我们彼此拥挤而破碎。

2003年11月22日

白色教堂

上个礼拜日,我陪母亲去教堂
我们去的时候,门已经关上
那教堂白得像片月亮
悬挂在水上,或西边的屋顶上
影子还留在回家的路上
手停在胸前,祈祷
气氛肃穆而庄重。
桌面上摆列的铜器,黑得发亮
那牧师洗过手,走上圣坛
然后和我们一起,翻开
福音书和赞美诗。
对此,我们的解释是:
因为上帝位列仙班,而我们肉眼凡胎
所以我们始终看不见。
直到今天再次陪母亲去教堂
我才发现,那教堂并不太像月亮
像一个词,像一滴水
让我如此安静地躺在它的周围
或者说,那白色教堂
似乎更像是德加的蜡笔画

印在一页纸上，另一页即信仰。
但这听起来似乎多么荒唐。

2003 年 11 月 22 日

再见

再见。说声再见,这一天就算过去了
树叶掉在地上
我掉在树叶上
彼此孤寂、厌倦,甚至视而不见
因了这黑暗。隐喻的黑暗夜晚
仿佛咒语,充满讽刺与茫然。
对此,我们无从判断
更无怀念可言。
再见,秋天。秋天已经越走越远
现在是冬天。
11月13日:
一滴眼泪。一颗痣。一个词。
而今,灰尘落尽。词成为众矢之的
劈开池塘,或水缸里的月亮
劈开我一针见血的心脏。
再见,月亮。
再见,我一针见血的心脏。

2003年11月13日

池塘
——给梅花落，兼致喻祥

众鸟敛翼，擦伤池塘的表面。
傍晚的光线开始收敛。
路上皆是压伤的芦苇和跌落的鸟的羽毛
我们陷入沉寂。
一群孩子坐在低矮的屋檐下
把池塘像书本一样翻开
把内容的编排，从一数到一百
我们冷暖自知。
傍晚的池塘，悬挂在大海里的某片叶子之上
悬挂在我的肉体和孤独之上
当傍晚的光线开始收敛
池塘隐入黑暗
我在黑暗中遭遇漂亮的女巫和时间的炼金术。

2003年11月11日

航海日志

我坐在甲板上,远处一片模糊。
周围密布着弯曲的波浪
道路和树。但是,我的旅程已经结束
已经没有时间了
仿佛很久很久以前的晨钟、暮鼓和炊烟
节奏清晰、缓慢
仿佛一个杯子,下沉到我们中间
那不一定是火焰
这一天,天色已晚
这一天,我们临水而居
水的颜色已被蒸发得淋漓尽致
似乎已经没有时间了
我回到船舱,并在记事本上记下:
前面就是大海、船和下午的甲板
就是细碎的波浪和烟。

2003年11月10日

石门峰公园

废墟正在融化。并且从此消失和隐蔽
从此,排列先行者的墓碑和眼泪
石林上的族谱和姓氏
棋盘上的草坪、湖泊、道路和树
没有阴影。和静止的瀑布
在早晨,或下午
一片池塘,悬挂在我的肉体之上
怀念之上。
歌颂的线条和美的事物之上
分散在我周围的人群,仿佛钟表一样走动
抵抗不同的节奏。
时间在我们之中流逝和沉淀
让人失去约束,甚至掩面痛哭
结果,我如此叙述:
在石门峰公园,我骤然转身
只为掏出肺腑里灿烂的金属和鱼骨。

2003年11月5日

下一分钟

天黑之前,我们期待风,搬走阳台上的花瓶
和内心的阴影。期待表演者的爱情
天气阴冷。如屋顶的骑兵。
速度摇摆不定。
天黑之后,剧场的灯光逐一熄灭
我是其中一名观众,挨着黑暗和陌生
表演者的动作审慎而苛刻
悬念停在下一分钟。
为此,我们彼此隐忍和宽容
彼此期待内心的安排,和时间缓慢的流逝过程。

2003年11月5日

回忆录

眼睛越来越模糊,直到看见一棵树
树上漆黑的鸟巢:高出地面的
湖泊,和我一起分担着冷和饥饿

仿佛旅途上中断的积雪……

我拎着空酒瓶,酒瓶里拥挤着天空
和一棵树七零八落的倒影
我在睡梦里叫醒了积雪下
行走的脚步声

在醒来后,打开回忆录:第三十九页
或者第四十一页,看看自己
说过些什么,但我肯定没允许
你阅读第四十页上的一句话:

"世界光秃秃地从我身边走过"
仿佛旅途上中断的积雪。

2003年3月9日

忏悔录

在低头下跪之前,他为我关闭了
所有的窗户,说:没有什么
事情已经过去,你现在可以陈述……

(他浑浊的声音,像肥皂泡沫一样
在我面前浮上来,但很快
又被自己漆黑的嘴唇吹破……)

"但这很有可能是个错误,你浪费了
我一个下午的时间,也没有
找出我的任何犯罪证据……"

我接着在下午的忏悔录里写下:
偷梁换柱
写下这个下午,这个下午不可饶恕。

2003年3月9日

如此而已

没有目的。我只要求返回,而非离去
在非常时期,被隔离在一片废墟里
影子一败涂地,但寸步不离。
我在这片废墟上走来走去。
困扰我的依旧是孤独、郁闷和焦虑
我吃着粗糙的食物和食物里
看不见的维生素,吃着五本书
而非全部。是这样的,倘若具备
叙述的可能,我会写出一本优越的书
仿佛异教徒。即使陷入
抒情的灾难和叙事的狂欢。在我
叙述的欲望总胜过说理。如此而已。

2003 年 5 月 22 日

献辞

要记住所有的颜色,倘若离开了所有的
花朵和书本上的蝴蝶,并在季节里
泯灭。所有的颜色,都来自
我对一座花园的回忆,回忆的细节
渗入肉体,可是我的肉体多么肮脏
尽管我天生具有清洁的本能
混合着兰花、百合和月季的香气
但仍然抵抗和排斥自己。在季节里
我四处迁徙,带着对所有颜色的回忆
带着肉体。多么肮脏的肉体
仿佛蜥蜴,在火里经过了小小的弯曲。

2003年5月25日

在中午

已经很久了。我没再去过南山路
自从我把一只蝴蝶的尸骨
埋在中午,并试着记住它的坟墓
或回家的路。已经很久了
我都没有说出另一个人的郁闷
和孤独,在中午。我已经饥肠辘辘
但我并没有停止对一只蝴蝶的
叙述和记录。以及更多清晰的排列。

2003年5月27日

车过南山路

车过南山路。天空被浓密的树荫遮住。
风在树枝上,仿佛松鼠,在跳舞
甚至可以拐出一段优美的弧。
沿着道路,追逐着人群离弃的脚步
风穿着我去年的衣服。然而
我和这座城市已失散多年
事到如今,再过净慈寺,我仍可
想起当初有对久别重逢的父子
仿佛两棵树,在南山路上抱头痛哭。

2003年5月27日

病中书

房间里消毒过后不久,我开始胸闷
发烧、头晕、腹痛。四肢冰冷。
肺里仿佛塞着一块破布,额上
躺着橘黄色的太阳,头脑中
流动着上千只蜜蜂,腹部
有滚动的雷声,回应着我的不安静
当我打开窗户,风从窗口涌入
如有神助,它顷刻间吹走了
我疾病的一半,或另一半。谢天谢地
这让我倍感轻松。到了最后
只剩下上千只蜜蜂,在我头脑里
无节制地流动。

2003年5月27日

第五辑

搬把椅子坐进冬天

四个人的黑夜

一半的身体掉进黑夜,一半被雨水
淋湿的河,还有一半的时间:
属于我们的灰烬和火,属于饥饿
四个人的黑夜:雨夜、浪者、姐姐和我

坐在一个茶吧的二楼玩着扑克,面前
四杯冷掉的咖啡和奶茶,一些
拥挤在一起的烟和水果,敞开的耳朵
身体向桌面倾斜,光线继续扩散

一个文身的男人在我视野里走过
他优雅地吹掉皮肤上雪的颜色
皮肤上的黑夜。他咧开漆黑的嘴唇说:
我们的目标是没有蛀牙

已经两点,我应该说凌晨还是黑夜
四个人的黑夜?再加一辆计程车
但是桌面上的四只杯子被忽略
杯子里静静死去的水:我的婴儿。

2002年6月11日

摇篮曲

纪念日：三月十四日。时间：早上八点
天气：阴晴不定。事件：出生

原始记录：一个呱呱坠地的婴儿
打碎病恹恹的钟声
打碎一九八〇：一盏吹灭的灯
打碎风平浪静

命名或重命名：一双会说话的眼睛
找回二十二年前的哭声
倘若匿名，蒙上眼睛，像梦
倘若秘密的森林或黄金，恍若惊鸿

证明：当然不排除虚构、想象等可能
比如：静止的摇篮，泯灭的哭声
比如：一九八〇，一个婴儿守口如瓶。

2002年7月26日

小夜曲

一个人死了,在夜里,脸上冒着湿气
仿佛一只没有关上的抽屉
在火柴盒里,吐出鱼刺和咖喱

生锈的钟表,停在那里
时间:深夜十二点

一个人死了,在夜里,面对着墙壁
墙壁上有壁虎爬过的痕迹
但不能说明任何问题
一个人死了,我们看见的悲剧和葬礼

我们的呼吸,停在那里
时间:早上八点

事情就是这样,我们无从逃避
一个人死了,他的呼吸回到夜里
深夜十二点,或者更远。

2002年7月29日

变奏曲

杯子里的水在摇晃，一小片阳光
那么清凉。一个吞吃病菌的孩子
失去了健康和营养
他的皮肤被阳光扭曲成三尺波浪

他的身体加速了生长的欲望
但是逆光，反方向
他的眼睛肿胀，他的印堂发黑
他的皮肤瘙痒，他的青春期

停止发育。他柔软的金属在流淌
他神经质地哭叫，麻木和疯狂
他的背道而驰，他的反抗

但没有力量。他的杯子在摇晃
水上一小片阳光
一幅静止的画像。

2002年7月29日

一个下午的五种方式
——给十品

方式一

下午的水,换个说法:我们洗手
下午的茶,换个姿势:我们喝酒
下午的人群,换个步子:
倒退着往回走

方式二

房间里的两片叶子,换个方式
点头、握手,或交换左右手
我们换个方式,借用这一下午的
时间,修饰诗歌和酒

方式三

当我们回头,总会有一个女孩
站在我们身后细细数着指头
她的身后没有背景
墙壁是她在这个下午
传递给我们的唯一的道具

方式四

我张着满嘴的腥味看着盘子里的鱼
其实我只是耐心看着这些
环绕在我身体周围的水
它身上不断流淌的热气和被我的眼睛
切割成块的半透明的茶水玻璃

方式五

下午的那个女孩站在我们身后
她换个方式在我们的镜子里梳头
我摸她的手,她红着脸说:
朋友,请爱惜你们的手
我握她的手,她突然笑着说:
朋友,请爱惜你们的衣服和酒。

2002年11月29日

诗歌练习册（三首）

夜晚：四个片段

没有灯光作铺垫，晚上八点，我模仿
上帝的口吻说：要有光。
但是光并没有出现。

夜晚，按取消键，取消错觉、幻想
可能与不可能，取消房事
取消性。如果爱情是很遥远的事情

三年前我放走了最后一个俘虏
三年后我成为人质
在夜晚吃掉自己

在黑暗中，墙壁和地板蔓延成
半透明（或者茶褐色）的玻璃
我和我五步之外的妻子
组合成一套古色古香的檀木家具。

2002年10月30日

场景：三个画面

画面一：在魔术师的镜子里
一个人扶着梯子往上爬
脚下踩的全是棉花

画面二：一个人抱着秋天
（秋天细如针线）
坐在下午三点。下午三点：
药味弥漫。
他坐在罐子里，不停地喝水吃盐

画面三：左边：一个老人在钓鱼。
右边：一群人在抽烟。
吐着烟圈。
他们面对面。桥很长，河面很宽。

2002年10月31日

结束语：割草机

我们交换烟和左右手，交换一些
鸡零狗碎的话题，在避风口
我们说到女人和婚礼时
小心翼翼。我觉得这是一个危险的

话题，完全可以在阅读时
跳过去。然后我们说道——

割草机的轰鸣突然在我们耳边
聒噪地响起，这在无意中打断了
我们的谈话，引起我的注意
没有经过除声音以外的任何过渡
和转移。我们立马说道：割草机

割草机在宽阔的草坪上被那人
推来推去，它不停地吃着
集体主义的青草和泥
打着绿色补丁的割草机
在光线消失之前急于封闭自己

我们的话题结束于：割草机
一个结束语，它拖着
秋天里一根快要烂掉的尾巴
在我经过的时候，故意闪了一下。

2002年11月4日

搬把椅子坐进冬天

搬把椅子坐进冬天。坐在光秃秃的
一棵树下
与树的形体和姿态保持一致
或者,坐在白得发黑的一块石头上
跟石头的形体和姿态合而为一
但必须忍住愤怒和寒冷
必须拒绝怀旧和感伤

只要抬起头,我想我还是能够看到
一只鸟巢,有巴掌那么大,在冬天
这可是树身上唯一的一块黑痣
醒目、冰凉、突出

椅子在我屁股底下颤抖和呻吟
在我看来,这有点夸张,当然
我们两兄弟的行为
有点不合时宜,难免有人会说
我孤独、自恋乃至性冷淡

搬把椅子坐进冬天,看着一条河流
慢慢被风干,看着一块石头
慢慢露出水面

其实我是在等另一个人
搬把椅子坐进冬天,坐在我对面
然后,我们四兄弟怀抱木柴和煤炭
生火、取暖。

2001年11月30日

黄金四部曲（四首）

之一：黄金

掘地三尺不见黄金，不见我通体透明的
童子之身，不见我入土为安的亲人
几片烂铁废铜充斥其中。泪汪汪的
一把泥水，掺和了我悲痛的哭声
我跪在破破烂烂的一张旧地图上
细细辨认我上下五千年的故土和国度
然后从一本流离失所的家谱中脱颖而出

但我徒有其表浪得虚名，我不过是待在
父亲的肠胃里虚假地呕吐，吐出
雀斑、色素和胆汁，还有大半个月亮
挂在脖子上，不小心被我在睡梦中
恶狠狠地吞了下去，一直没有吐出来
我顺势翻了个身，抹了抹嘴巴
然后咣当一声走出睡梦和阴影

但黄金并没有出现，直到那片又红又大
的太阳，帽子似的扣在秃秃的山头
我误以为看到了黄金，看到了
我通体透明的童子之身，以及

我久别重逢的亲人,真的,到现在
我还误以为太阳本身就是黄金的一部分
就是我通体透明的童子之身
但事实上的黄金已被切割成石头或瓦片
灰烬和粉尘。

2001年12月25日

之二:白银

烈火焚身。火里没有黄金,没有白银
我的一个蓬头垢面的兄弟坐在火里
冷得发抖,脚还在抽筋,但必须忍着
必须通过时间的显影液,看到
他背后那片富丽堂皇的宫殿和御花园
但过于遥远,作为下层子民
他已经丧失了努力,继而丧失回旋的余地

和白银的质地。如今,面对一片废墟
我们无非是在徒劳地怀念或赞美
比如黄金,比如白银,比如一个人的
童子之身,比如一次盲目或蓄意的
集体自焚,类似四把触目惊心的刀子
逼近我内心,瓦解了我的青春……

在你看来，什么都值得怀疑，而且孤立
一切价值尚待重新估计，忽略则不允许
拯救已无能为力。你掷地有声的语言
即将在人群里崩溃：一个时代已经
摇摇欲坠，它虚弱的词根正在腐烂
在这个冬天，你执意要挖出身体里的
黄金和白银，然而烈火已焚身……

2001年12月26日

之三：青铜

三天三夜之后，遍地是青铜。欲望和图腾
交织其中，野蛮的部落四处流动
绝尘而去的道路在错位、变形
摇摇欲坠的前朝政权在恐慌中土崩瓦解
像一片岛屿的精神板块，在切割和搬运的途中
急剧分裂、下沉，要集结已不可能

只有爆炸的青铜，声音和光焰直逼天空
但能持续多久？如果我能把它搓成
一根柔软的鞭子，我就用它来抽打
奔跑的马群和石头！如果我只能把它磨成
一把剥皮的刀子，我就用它来划开
一个时代即将倾斜的位置和底线！

但我知道当青铜埋入土中，一个人想再
力挽狂澜已不可能，他很难再站成
一个时代的大风景，即使从泥土里取出青铜
取出它的精血和阵痛，上升已不可能
当青铜埋入土中，我们不过是再次做了
它的替身，哭叫和逃避已不可能。

2001年12月27日

之四：黑铁

放弃黄金、白银和青铜，不等于放弃
一切可能与不可能，黑铁的诞生
水到渠成。天空空到极限则是透明
类似玻璃和水晶。光线跟阴影
被确认为包扎黑铁的两匹远距离的风
吹空东西南北四片静止的耳朵
和耳朵里巨大的回声，和谐却不完整

但必须理解和包容，类似黑铁的诞生
类似局部的破碎和不平静，当局部
有所调整，即使还不稳定，如果可能
要在水里剥去欲望的鳞片，然后上岸
要在黑铁上写下疼痛的哑语

和孤独的预言，要在呕吐之前
善待营养过剩的身体和消化不良的胃

要从眼睛中取出黑铁的板块，要辨认出
现实的透明与半透明，要在说话前
摸到语言的锁和锁上的那串钥匙
要在天亮之后推开每一扇关着的窗户
倘若误解和倾向依然存在，倘若
拒绝和接受皆不可能，那么
是谁在断言：黑铁的时代已经到来？

2001年12月27日

二十四节气（选六）

惊　蛰

秩序本来很稳定，我实在想不出我的内心
还有什么漏洞。大概在傍晚四五点钟
突然响起一阵轰隆隆的雷声
在空气里皮球一样滚动

紧接着闪电劈开了黑暗的核，一下子
把地面照亮。这时，我试图
说些什么，最好连自己也能
为之动容。比如说：
一些东西需要搬动，当然
实在搬不走的可以原封不动
或者说：我已经努力过了，但我还是
未能挖出那些让我沉醉的幸福和疼痛

但我能将这说给谁听？现在
如果减去闪电和雷鸣，就只剩下
无边的昏暗和寂静。在寂静中
是什么力量让我从黑暗的蛀孔里探出头来

重新打量道路和晨昏,在我惊喜地
张大嘴巴的瞬间,一只青蛙蹦出体外。

2001年10月24日

春 分

春天的腰身很深,一些树的根很深
语言和泪水很深,你对我的误解很深
接下来,我要说,春分的分很深
还乡者的感动很深,沉默的哑语很深
一匹马的孤独很深。剩下来的
包括我未曾说出口的,会不会比某段距离更深?

我知道有些事情永远没有以后
我是说有些事情必须到此为止
因而我迅速把脚步退到惊蛰、雨水和立春
退到小寒和大寒。为了缓和这种误解
我决定把你拒绝的礼物收回
把你无意关注的行动取消。现在

你还有什么话要说?还有什么事需要挽回?
当然,你给我的伤害完全可以被我

下面的一些话化解：如果你愤怒，那么
给你一把斧头，把道路劈开。如果你
情愿站成一棵树，那么很快你会看到
一个拎着斧头的人正叼着烟卷慢慢向你走来。

2001年10月25日

清　明

没有雨水在四月里流淌或呻吟，的确
在我面前，没有雨水，也没有墓碑
而且没有人，我是说没有人说出风的形状
但风在吹。吹动一打纯净的叶片，吹动
一些草、一个人，他低垂的头颅
和泪水！吹动一座土坟上细碎的粉尘

但它吹不醒另一个人，奶奶
它吹不醒你的眼睛和嘴唇，但风在吹
呼啦啦吹开清明、道路和晨昏
呼啦啦吹开我年轻的骨头、血肉和灵魂

奶奶，你听见了吗？在你的身体周围
有风在吹。有一阵怀念的风

有始无终地在我眼睛里滚动
后来,走在回家的路上
我看到那些从墓地上归来的人
他们的脸上布满泪水和风尘。

2001年10月27日

谷　雨

在春天的颜色和底片被川流不息的日子
堆积和过滤之前,尽快把谷雨拆开
简单拆成谷子的谷和雨水的雨
这类似于用一把剪刀把那些
花花朵朵和枝枝叶叶裁开,类似于
把一个人的姓氏和家谱拆开

我总觉得有些别扭,近乎勉为其难
一蹴而就,尽管我们
对两个字或词的陌生很快就能适应
但问题是:谷雨作为一个约定俗成的
节气,正不动声色地向立夏
靠近,向5月21日这一天靠近

到现在我仍清楚地记得在5月20日这天

有人在我背后响亮地喊了我一声:谷雨!
可我的身体已经伴随他的喊声
拐进另一道漆黑的胡同。

2001年10月28日

大　暑

从八月的词库里,我搬出一些生锈的词语
为一张纸作铺垫
风暴将至,雨水(其实是一把辛酸的泪水)
濡湿了一张纸,紧接着
闪电(其实是满口明亮的唾液)
劈开了黑暗的核

雷鸣(其实是一声声剧烈的咳嗽)
在一些高低不平的物体上滚动
风暴(其实是一个人倔强的头颅)
以呼啸的方式向我的身体
以及身体以外的物体逼近

一棵树(也可能是一个人)被推倒在地
它的根被拔断。
一本线装书(也可能是一本私人日记)

的内容被洗劫一空。
或许这跟风暴无关
事实上,这只是八月的部分内容
而我只不过是你身后的那块黑石头
我也只是八月的部分内容。

2001年11月20日

寒 露

有人从外面抱回来一大捆枯朽的木柴
之后生火做饭,之后在火焰里咳嗽
他在我面前冷得发抖
有人在黑夜里偷偷埋掉一大堆贫穷的骨头
然后满面泪流,然后离家出走

现在是深秋,外出的人迟迟没有音讯
只是炊烟依旧,只是灰不溜秋的房子
依旧,此外,几只鸟雀在叫
叫声孤立、冰凉,在短暂的逗留之后
扑棱棱飞走。视野以外,空旷、辽阔

模仿它们的泪水和表情,我从一棵树

走向另一棵树,然后再两手空空地
走回来,好像已代替我的农民兄弟
完成了一次深秋的外出旅行
即使是徒劳,即使是虚空
即使连我自己也未能走出深秋的寒露
和农业的背景。

2001年12月10日

责任编辑: 陈　一
文字编辑: 谢晓天
装帧设计: 周伟伟
责任校对: 高余朵
责任印制: 汪立峰

项目策划: 爆款文化　魏　娟

图书在版编目（CIP）数据

狐狸踏雪的三种可能 / 谷雨著. -- 杭州 : 浙江摄影出版社，2022.5
ISBN 978-7-5514-3888-9

Ⅰ. ①狐… Ⅱ. ①谷… Ⅲ. ①诗集－中国－当代 Ⅳ. ①I227

中国版本图书馆CIP数据核字(2022)第071684号

HULI TAXUE DE SANZHONG KENENG
狐狸踏雪的三种可能
谷雨　著

全国百佳图书出版单位
浙江摄影出版社出版发行
　　地址：杭州市体育场路347号
　　邮编：310006
　　网址：www.photo.zjcb.com
　　电话：0571-85151082
制版：浙江新华图文制作有限公司
印刷：杭州捷派印务有限公司
开本：889mm×1194mm　1/32
印张：5.25
2022年5月第1版　2022年5月第1次印刷
ISBN 978-7-5514-3888-9
定价：68.00元